LE SECRET DE L'ÉCHIQUIER

Du même auteur

Livres brochés (version normale ou "dys") disponibles sur les sites des Éditions Mondes Parallèles et Amazon.

Ebooks disponibles sur les sites Amazon, Kobo, Fnac, Apple Books (version normale) ; aux Éditions Mondes Parallèles et sur Google Play (version normale ou "dys").

<u>Romans adulte :</u>

Le pouvoir de Flamen

Halloween chez Audrey

La revanche du léopard *(à paraître…)*

<u>Romans jeunesse :</u>

Une citrouille vraiment effrayante

Enlèvement au collège

Un fantôme dans le métro

Jeu de piste macabre dans le 6ème

Série Halloween chez Justine :

1 - Loups-garous, vampires et autres monstres…

2 - L'attaque du monstre gluant

3 - Debout les morts !

4 - Croisière sans retour

5 - Le manoir de la mort

6 - Une momie dans les catacombes

7 - Un château en Transylvanie

<u>Album :</u>

Le lapin qui grossissait

<u>Nouvelles :</u>

La gare qui n'existait pas

Le secret de l'échiquier

Le moulin aux fées

Le miroir vénitien

Meurtres à la pleine lune

Plus que la fortune

Le projet R.H.

Joël VERBAUWHEDE

LE SECRET DE L'ÉCHIQUIER

Note de l'auteur

Cette nouvelle a été publiée dans le recueil <u>Les nouveaux Arsène Lupin</u> lors d'un concours littéraire organisé par le village du livre de Fontenoy-la-Joûte.

Retrouvez l'auteur sur Internet :
<u>editionsmondesparalleles.free.fr</u>

Illustrations de couverture : Joël Verbauwhede
(Images utilisées libres de droits)
© 2020 Éditions Mondes Parallèles
2017 Joël Verbauwhede, tous droits réservés
ISBN 978-2-37830-013-5

Le secret de l'échiquier

— Jamais ! Vous m'entendez ? Jamais je ne permettrai que ma fille épouse un gredin de votre espèce !

Le baron de L. était hors de lui, mais Jérôme Duval conserva son calme.

— Avec tout le respect que je vous dois, monsieur le baron, je ne vous permets pas de m'insulter. Bien que ne possédant pas vos quartiers de noblesse, je gagne honorablement ma vie. Je suis sincèrement épris de votre fille et j'ose croire que mes sentiments évoquent un écho dans son cœur. Si je vous demande aujourd'hui sa main, c'est bien la preuve que mes intentions sont honorables.

Le jeune homme le regardait bien en face et le baron s'adoucit.

— Écoutez, monsieur Duval, je vais être franc avec vous. Je sais que vous êtes un bon photographe et également un bon journaliste. Cependant on prétend en ville que vous êtes le fils d'Arsène Lupin. Est-ce vrai ?

Duval haussa les épaules.

— Quelle importance ? Je ne suis pas mon père. Et je n'ai jamais commis aucun acte répréhensible.

— Peut-être, mais Lupin s'est moqué de moi. Si j'autorisais son fils à épouser ma fille, je deviendrais la risée de la ville !

— J'ignorais qu'Arsène Lupin s'en était pris à vous. Auriez-vous l'amabilité de me raconter ce qu'il vous a fait ?

Le baron hésita, mais soudain sa fille entra dans son bureau sans même frapper. Elle venait de fêter ses dix-neuf ans. Grande et mince, des yeux bleus et des cheveux châtains ondulés, elle ressemblait beaucoup à sa mère, morte en lui donnant le jour.

— S'il te plaît, papa, laisse-lui une chance. Raconte-lui l'histoire de l'échiquier…

Elle avait visiblement écouté à la porte, mais son père ne lui en tint pas grief.

— C'est un journaliste, Solange. Si je lui raconte une histoire aussi mystérieuse, il s'empressera d'en faire un article à sensation. J'ai été suffisamment ridicule il y a vingt ans.

La jeune fille sourit à Jérôme Duval, déclarant avec assurance :

— Je suis certaine que Jérôme gardera cette histoire pour lui.

Attrapant la perche qu'elle lui tendait, Duval promit :

— Je vous donne ma parole de ne pas écrire un mot de cette histoire sans votre consentement, monsieur le baron. Et s'il y a quelque mystère à dissiper, je me flatte d'une certaine perspicacité que je serai ravi de mettre à votre service.

Poussant un profond soupir, le baron capitula :

— Très bien, je vais vous montrer l'échiquier. Venez avec moi.

Il conduisit les deux jeunes gens dans une petite salle au premier étage du manoir qui stupéfia le journaliste. Carrée, d'environ sept mètres de côté, dépourvue d'ouvertures hormis la porte, c'était en fait un immense jeu d'échecs. Une bordure d'un mètre cinquante de large entourait des dalles de marbre alternativement claires ou sombres de cinquante centimètres de côté, ce qui donnait un échiquier de quatre mètres sur quatre. Sur les côtés de bois verni, les lignes étaient numérotées de 1 à 8 et les colonnes de A à H.

Mais le plus impressionnant, c'étaient les pièces du jeu. Faites de marbre noir ou blanc, elles étaient d'une taille variant entre un mètre cinquante pour les soldats représentant les pions et un mètre quatre-vingts pour les rois. Ceux-ci représentaient tous deux le même homme auquel Duval reconnut un air de ressemblance avec le baron.

Le maître des lieux confirma avec fierté :

— Mon grand-père aimait les échecs et a fait construire tout ceci par un sculpteur de ses amis. Les rois le représentent.

Le regard du jeune homme fut alors attiré par la sculpture de la dame noire, représentant une jeune métisse d'une grande beauté. Il balaya la pièce du regard et s'étonna :

— Je ne vois pas la dame blanche. Où est-elle ?

Le baron eut un petit rire sans joie.

— C'est là tout le problème. Voyez-vous, la statue de la dame blanche représente ma grand-mère.

Lorsqu'elle est morte, mon grand-père a décidé de la ranger quelque part dans le manoir. Dans son testament, il a écrit que la dame blanche devrait être sur l'échiquier mais que ses héritiers devraient la mériter par leur intelligence et la retrouver eux-mêmes.

Vivement intéressé, Duval s'étonna :

— Une statue de cette taille n'a pas dû rester cachée bien longtemps !

— C'est là que vous vous trompez, jeune homme. Ni mon père ni moi-même ne l'avons retrouvée malgré nos recherches. J'étais tenté de briser murs, plafonds et planchers, mais aucun d'eux ne sonnait creux et je ne voulais pas vraiment démolir la demeure de mes ancêtres. D'autant que la statue avait pu être vendue en secret par mon grand-père ou même volée à son insu… C'est alors que j'ai fait la connaissance d'un certain Raoul d'Andrésy à qui j'ai raconté cette histoire.

Duval s'exclama :

— Raoul d'Andrésy, c'était l'un des pseudonymes d'Arsène Lupin !

— Précisément, mais je l'ignorais à l'époque. Ce d'Andrésy se flattait lui aussi de sa perspicacité. Il me paria cent mille francs nouveaux qu'il retrouverait la dame blanche en moins de trois jours.

L'histoire s'est compliquée le deuxième jour lorsque j'ai rencontré le commissaire Ganimard qui m'a révélé alors la véritable identité de d'Andrésy. Il m'a assuré que Lupin n'avait qu'une idée en tête : piller ma demeure en profitant des trois jours que je lui avais accordés. J'ai donc autorisé le commissaire à prendre d'assaut le manoir avec ses hommes.

Quand ils ont encerclé la maison, Lupin était à une fenêtre et semblait s'amuser beaucoup du nombre de policiers réunis pour lui. Mais c'est à moi qu'il s'est adressé :

— J'ai le regret de vous annoncer mon départ, mon cher baron. Votre hospitalité n'est pas en cause, mais j'ai achevé ma tâche. Je vous recontacterai quand Ganimard aura cessé de vous importuner.

Il a refermé la fenêtre, puis les policiers sont entrés. Ils ont fouillé le manoir pendant deux semaines avant de repartir bredouilles sans comprendre comment Lupin avait pu s'échapper.

Un mois plus tard, Lupin me contactait, exigeant les cent mille francs pour me révéler l'endroit où se trouvait la dame blanche. Il n'avait rien volé chez moi malgré les allégations de Ganimard, pourtant je ne lui ai pas fait confiance. J'ai refusé.

— Et la statue ? s'enquit Duval.

— Si l'on en croit Lupin, elle est encore ici. Pensez-vous être capable de la retrouver en trois jours, comme votre père ?

— Je n'ai jamais prétendu qu'Arsène Lupin était mon père. J'ai une question à vous poser avant de répondre : est-ce que les pièces sont disposées ainsi depuis la mort de votre grand-père ?

— C'est justement ce que Lupin m'a demandé. Effectivement, les pièces n'ont pas été déplacées depuis. Mais Lupin lui-même les a laissées en l'état, j'ai vérifié après sa disparition inexpliquée.

— Très bien. S'il a trouvé votre statue en deux jours, je tiens le pari d'y parvenir également ! Mais vous savez ce que je vous demande en cas de succès…

Le baron hocha la tête avec un sourire suffisant.

— Et si vous échouez, vous me jurez de ne jamais chercher à revoir ma fille ?

Bouleversée, Solange saisit le bras du jeune homme.

— Tu ne vas pas accepter ce marché ? Exige une semaine, ou même un mois. Si tu échouais…

— Si Arsène Lupin n'a mis que deux jours, j'y parviendrai en deux jours, Solange. Sais-tu pourquoi ?

— Parce que tu es son fils ? avança-t-elle.

Il secoua la tête.

— Non. Lupin a percé le secret de l'échiquier pour se distraire, alors que je le ferai pour te prouver mon amour. Ma motivation est bien supérieure à la sienne, voilà pourquoi je ne peux pas échouer.

Se tournant vers le baron, il lui tendit la main.

— C'est d'accord, monsieur le baron. Dans deux jours, je vous donnerai la dame blanche, faute de quoi je m'engage à ne plus revoir votre fille.

Le baron serra fermement la main de Duval, puis consulta sa montre et approuva de la tête.

— Un marché est un marché. Il est onze heures, vous avez jusqu'à après-demain onze heures. Je vous souhaite bonne chance.

— Juste une autre question : qui représente la dame noire ?

Le baron parut ennuyé, mais sa fille le pressa :

— Si tu veux qu'il retrouve la statue, il faut lui donner les informations dont il a besoin.

— C'est une rumeur infamante. On dit que la dame noire était la maîtresse de mon grand-père. Mais c'est impossible car il ne quittait jamais le manoir sans sa femme. Une métisse, en plus ? Comment aurait-il pu la voir ? Aucune noire n'est jamais entrée dans cette demeure, les domestiques en auraient aussitôt parlé au village.

— Mais alors d'où vient cette rumeur ? demanda Duval.

Le baron haussa les épaules en signe d'ignorance, puis redescendit dans son bureau, laissant les jeunes gens en tête-à-tête.

Solange laissa éclater sa colère :

— Comment peux-tu être aussi présomptueux ? Mon père est certain que tu n'y parviendras pas !

— Il se trompe, rétorqua calmement le jeune homme. Fais-moi confiance. Tu vois cet échiquier ? Les blancs jouent et gagnent...

Elle contempla un moment les positions des pièces puis secoua la tête.

— Impossible ! Le rapport des forces est bien trop disproportionné. Je ne suis pas très forte aux échecs, mais même si c'est au tour des blancs, je parie que les noirs l'emportent.

— C'est précisément l'erreur qu'a faite ton père et celle de Ganimard qui croyait prendre Lupin en encerclant la maison. L'intelligence doit l'emporter sur la force.

— Comment ça ?

— Je ne sais pas. Mais j'ai deux jours pour le découvrir...

Durant ces deux jours, Jérôme Duval ne ménagea pas sa peine. Il passa la plus grande partie de son temps dans la salle de l'échiquier. Il fit le tour du manoir, mesurant soigneusement les dimensions des différentes pièces, puis fit de même à l'extérieur de la demeure, mesurant les murs. Il poussa même ses investigations jusque dans le petit bois situé à cinquante mètres du manoir, le long de la Loire.

C'est là que Solange le retrouva, occupé à mesurer l'ancien lavoir construit au bord d'un ruisseau qui traversait la propriété avant de se jeter dans le fleuve un peu plus loin. Elle semblait bouleversée, au bord des larmes.

— Jérôme... C'est... c'est affreux ! balbutia-t-elle. Mon père ne respectera pas sa parole.

— Comment ça ?

— Il prétend qu'avec les termes exacts qu'il a dits, il a seulement laissé entendre que tu pourrais m'épouser. Il n'a rien promis.

— Mais pourquoi ? Si je lui retrouve sa statue, il devrait m'en être reconnaissant…

La jeune fille se tordit les mains avec désespoir.

— Tu ne comprends donc pas que si tu la retrouves, ce sera alors la preuve que tu es bien le fils d'Arsène Lupin. Jamais mon père n'admettra notre union !

Jérôme se rembrunit, puis eut un sourire rusé.

— À vrai dire, je m'y attendais un peu. Aie confiance en moi, j'ai tout prévu.

Ils revinrent au manoir et Duval envoya Solange chercher son père tandis qu'il montait dans la salle de l'échiquier. En entrant dans la pièce, le baron vérifia que la dame blanche ne s'y trouvait pas et cacha sa satisfaction sous un sourire sarcastique.

— Monsieur Duval, il est dix heures trente, il ne vous reste donc qu'une demi-heure pour remplir votre engagement. Or je ne vois pas la statue. Est-ce à dire que vous admettez votre échec ?

— Au contraire, monsieur le baron. J'ai réussi.

Stupéfait, le baron tourna la tête en tous sens, puis questionna :

— En ce cas, où est-elle ?

— Vous n'êtes pas sans savoir qu'Arsène Lupin avait le sens de la mise en scène. Aussi vais-je tenter de faire honneur à sa mémoire. Tout d'abord, avez-vous essayé de déplacer les pièces de l'échiquier ?

— Oui, elles glissent sur les cases grâce au feutre qui est collé dessous, mais elles sont si lourdes qu'on ne peut quasiment pas les soulever.

— Elles ne sont pas si lourdes, vous savez. Je pense qu'elles sont en partie creuses.

Il prit un pion à bras le corps et tira violemment, réussissant à l'arracher du sol au prix d'un effort intense. Mais ensuite il le déplaça comme s'il était beaucoup plus léger. Quand il le reposa au sol, le pion sembla se coller de lui-même à l'échiquier et Solange devina :

— C'est magnétique !

— En effet, chère amie, il y a un énorme aimant dans le socle de chacune des pièces. Sous le marbre qui forme les cases, il doit y avoir une épaisse couche métallique. Votre grand-père était un ingénieur de talent, spécialiste du magnétisme, monsieur le baron.

— En effet, mais comment pouvez-vous le savoir ?

— Mais parce que j'ai pu admirer son œuvre !

— Quelle œuvre ? Mais expliquez-vous donc ! s'emporta le baron.

— Patience, mon cher baron. Cet échiquier est son œuvre, l'œuvre d'un génie pour son époque. Regardez l'échiquier, les blancs jouent et gagnent !

— Impossible ! trancha le baron. J'ai joué aux échecs quand j'avais votre âge et j'ai étudié les positions. Les noirs peuvent gagner, mais pas les blancs.

— Tel quel, c'est exact. Mais vous n'avez pas compris le testament de votre grand-père…

— Qu'en savez-vous ? Je ne vous ai même pas montré ce document !

— Mais vous m'avez dit que la dame blanche devrait être sur l'échiquier. Réfléchissez un peu, où la mettriez-vous ?

— Cessez de jouer aux devinettes, vous avez vraisemblablement votre idée, alors montrez-la-moi !

Secouant la tête avec désapprobation, le jeune homme se tourna vers Solange qui semblait suspendue à ses lèvres.

— Cher baron, permettez que ma fiancée joue le rôle de la dame blanche. Solange, veux-tu te placer sur la case B3 ?

En rougissant, la jeune fille se plaça sur la case indiquée.

Le mot fiancée avait fait tiquer le baron, mais il se contint et invita Duval à poursuivre.

Jérôme reprit sur un ton d'orateur qui ne laissait plus aucun doute sur son ascendance :

— Examinons à nouveau la situation. La dame blanche est menacée par le fou noir, il est donc fort probable que ce soit elle qu'il faille déplacer. Maintenant, si on songe qu'elle n'était plus sur l'échiquier, on peut se demander pourquoi elle l'aurait quitté ?

— Parce que celui qui joue les blancs l'a perdue bêtement ! proposa le baron, cherchant à rabattre son caquet au jeune coq dont sa fille semblait amoureuse.

— Non, c'est parce qu'il l'a sacrifiée ! s'écria Solange. La dame blanche prend le fou noir ?

— Dame blanche prend fou noir en G8. Échec ! confirma Duval.

Amusée de se retrouver sur l'échiquier, Solange marcha en diagonale vers le fou, le poussant hors de l'échiquier pour s'installer sur la case G8.

— C'est bien ce que je disais ! ricana le baron. Le roi noir prend la dame blanche. C'est stupide !

— Roi noir prend dame blanche en G8. Désolé, Solange, confirma Jérôme en adressant un sourire triste à la jeune fille. Mais c'est un coup forcé : les noirs n'ont aucune autre alternative pour mettre fin à l'échec.

Solange tira le roi noir à sa place et quitta l'échiquier à regret.

— Maintenant le rapport des forces sur l'échiquier indique clairement que les blancs n'ont plus le droit à l'erreur, fit remarquer le jeune homme.

— S'ils laissent jouer les noirs, ils perdront, convint Solange. Il faut donc que chaque nouveau coup mette le roi noir en échec, jusqu'au mat. C'est la seule explication logique au sacrifice de la dame.

Elle réfléchit un instant et s'écria :

— Pion avance en H7 ! Il est protégé par le cavalier et la tour, échec !

Au hochement de tête de Jérôme, elle déplaça le pion.

Malgré lui, le baron s'intéressait à son tour à la démonstration et protesta :

— La case F7 est interdite par le cavalier, mais le roi noir a le choix entre les cases F8 et H8 !

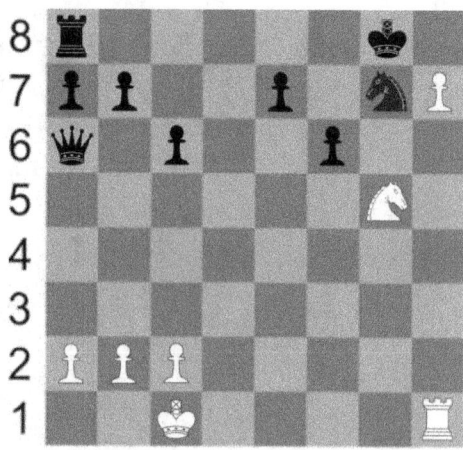

Constatant qu'il avait son auditoire en main, Duval acquiesça, rayonnant :

— Précisément ! Étudions donc les deux possibilités.

— Roi noir en H8 empêche la promotion du pion, annonça le baron.

Il déplaça lui-même le roi noir.

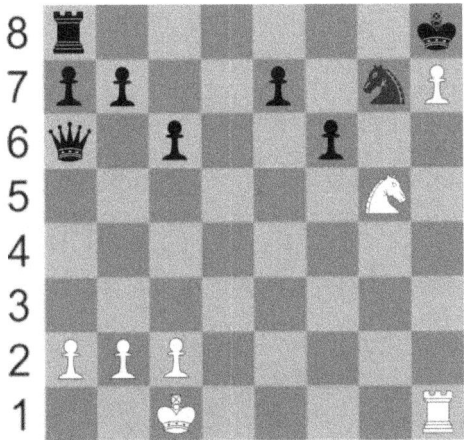

— Mais cavalier blanc en F7, échec et mat ! s'exclama sa fille.

Elle déplaça le cavalier et se hâta de quitter l'échiquier qui s'était mis à vibrer. Un bruit de moteur assourdi se fit entendre sous leurs pieds.

Sous les regards émerveillés du baron et de sa fille, les pièces de l'échiquier se mirent à bouger d'elles-mêmes. Le sourire amusé de Duval laissait entendre qu'il avait déjà assisté à cela.

— Les pièces reprennent leurs places ! s'étonna Solange.

En effet le cavalier blanc était retourné en G5, le pion blanc en H6, le roi noir en F8 et le fou noir avait repris place sur l'échiquier en G8. Contrairement aux attentes du baron et de sa fille, rien d'autre ne se passa. L'échiquier mécanique était redevenu inerte. Devant le sourire narquois du jeune homme, le baron s'emporta, exaspéré :

— Qu'est-ce qui vous amuse tant ? Je ne vois pas la dame blanche et votre échéance de quarante-huit heures se termine, monsieur Duval !

— Réfléchissez, mon cher baron : c'est vous qui avez empêché le retour de la dame blanche !

Il était malheureusement trop furieux pour réfléchir et ce fut sa fille qui devina. Elle reprit sa place sur l'échiquier en B3, puis recommença les déplacements en les commentant à voix haute :

— La dame blanche prend le fou noir en G8, échec au roi. Le roi noir prend la dame blanche en G8. Le pion blanc avance en H7, échec…

… Cette fois, déplaçons le roi noir en F8.

Tandis qu'elle s'exécutait, Jérôme Duval avait refermé la porte de la pièce.

— Le pion blanc en H8 ! hurla le baron, au comble de l'excitation. Promotion du pion en dame et échec et mat, le cavalier blanc interdisant la case F7 !

Le journaliste semblait le seul à avoir conservé son calme. Il s'était tranquillement adossé au mur, la main sur l'interrupteur.

Solange tira fébrilement le pion sur la case H8 et poussa un cri comme la lumière s'éteignait. La salle de l'échiquier fut plongée dans le noir complet.

En deux bonds silencieux, Duval la rejoignit et lui glissa à l'oreille en se serrant avec elle sur la case du pion :

— Pas un mot si tu as confiance en moi, surtout !

Solange hocha la tête en silence, retenant de justesse un cri de surprise en sentant la dalle où ils se trouvaient s'enfoncer rapidement dans le sol. À l'étage inférieur, Duval écarta doucement la jeune fille, tira la statue du monte-charge et en poussa une autre plus grande à la place. Écarquillant les yeux dans la pénombre, Solange le regarda faire et retint les questions qui se pressaient sur ses lèvres. Le monte-charge remonta rapidement, refermant la trappe avec un claquement assourdi.

Duval actionna alors un interrupteur et la lumière jaillit, éclairant une petite chambre confortable.

— Et voilà le secret de ton arrière-grand-père ! Il avait construit cette pièce secrète pour sa maîtresse, la métisse qui a posé pour la sculpture de la dame noire et il la rejoignait dans cette chambre. Sa femme soupçonneuse avait beau l'accompagner à chaque fois qu'il sortait du manoir, elle n'a jamais deviné ce que cachait la passion de son mari pour les échecs.

Désignant un escalier qui s'enfonçait dans le sol, Solange devina :

— Ce passage ressort dans le lavoir, n'est-ce pas ? C'est de cette façon que la maîtresse de mon arrière-grand-père le rejoignait. C'est comme ça que ton père a échappé à la police il y a vingt ans !

— C'est comme ça qu'Arsène Lupin a échappé à la police il y a vingt ans, corrigea Duval. Normalement, la dame blanche aurait dû prendre la place du pion toute seule, mais Lupin a dû l'en empêcher pour s'assurer que ton père tiendrait sa promesse. Comme c'est le pion qui est remonté, la différence de masse a dû déclencher le mécanisme qui remettait les pièces dans leur position initiale. C'est ce qui s'est passé hier soir quand j'ai découvert le secret de l'échiquier.

— Et maintenant, qu'allons-nous faire ? s'inquiéta la jeune fille. Jamais mon père ne me laissera épouser le fils d'Arsène Lupin !

Jérôme Duval haussa les épaules en souriant.

— Puisque ton père et toi tenez absolument à ce que je sois le fils de Lupin, je vais faire ce qu'il ferait en pareil cas : j'enlève la femme que j'aime !

Soulevant la jeune fille dans ses bras, il s'engagea dans l'escalier, l'emportant par le souterrain. Au fond de celui-ci se trouvait un levier de bois que Jérôme actionna, faisant pivoter un pan de mur monté sur d'épaisses charnières.

La porte secrète débouchait à l'intérieur de l'ancien lavoir au bord du ruisseau qui traversait la propriété. Quand ils eurent franchi l'ouverture, un système de contrepoids referma lentement le pan de mur qui devint indécelable. Jérôme indiqua à sa compagne les deux pierres sur lesquelles il fallait appuyer simultanément pour rouvrir le passage secret.

Les deux jeunes gens suivirent ensuite le chemin jusqu'à l'endroit où le ruisseau alimentant le lavoir se jetait dans la Loire. Là, ils constatèrent que deux pêcheurs les attendaient, leurs barques accrochées à un ponton. Soulevant leur casquette, ils saluèrent amicalement le couple.

— Vous êtes pile à l'heure, monsieur Duval. On vous a apporté une barque, comme convenu. Bonne chance !

Ils s'installèrent tous deux dans l'une des barques et remontèrent le courant de la Loire en ramant. Duval aida la jeune fille à monter dans la seconde embarcation.

Il détacha le cordage qui l'amarrait, puis rama un peu pour s'écarter de la rive avant de laisser le fleuve entraîner la barque.

Constatant qu'il y avait un panier de pique-nique bien garni sous son siège, Solange s'inquiéta :

— Tu es sérieux ? Tu m'enlèves ?

— Je croyais que tu voulais m'épouser…

Elle eut un triste sourire.

— Arsène Lupin était un homme à femmes. Ce n'est pas quelqu'un qu'on épouse…

Tirant une petite boîte de sa poche, Jérôme Duval l'ouvrit, révélant un anneau d'or orné d'un diamant.

— Solange, veux-tu m'épouser ?

— Oui, murmura-t-elle, les larmes aux yeux.

Elle faillit faire chavirer la barque en lui sautant au cou pour l'embrasser. Tenant sa fiancée dans ses bras, Jérôme Duval laissa le courant les emporter…

Quand le baron ralluma la lumière dans la salle de l'échiquier, une horloge sonnait onze heures au rez-de-chaussée du manoir. Il constata avec incrédulité la disparition de sa fille, de Duval et du pion.

À leur place, juste à l'heure promise par Duval, s'élevait la sculpture représentant sa grand-mère dans sa jeunesse. Son visage ressemblait trait pour trait à celui de sa fille Solange.

Autour du cou de la statue, un carton était attaché, portant une courte note : « *Échec et mat ! Avec les compliments d'Arsène Lupin Junior…* »

À toi, lecteur…

Cette histoire t'a plu ? Alors n'hésite pas à envoyer un commentaire à la boutique où tu te l'es procurée. Tu peux aussi écrire à l'auteur à joel.verbauwhede@free.fr pour lui donner ton avis et être averti de ses prochaines publications.

L'auteur

Depuis son plus jeune âge, Joël Verbauwhede est un passionné de lecture, avec une attirance particulière pour le fantastique et la science-fiction. À l'université, il se lance dans l'écriture d'histoires mêlant le fantastique, les arts martiaux et le romantisme. Une seule règle : le nom du héros doit commencer par J...

Parallèlement à son métier d'enseignant de mathématiques, il obtient plusieurs prix littéraires pour ses écrits. Certaines de ses nouvelles sont publiées dans des recueils ou des magazines et un roman de science-fiction parait aux éditions Mille Poètes.

En 2017, il publie ses textes sur Amazon et crée son site Internet. L'enseignement lui a fait prendre conscience du grand nombre d'enfants et d'adolescents dyslexiques pour qui la lecture est difficile, et qui n'ont que peu de livres qui leur sont accessibles. Habitué à adapter ses cours pour ses élèves dyslexiques, il lui a semblé essentiel d'en faire autant pour ses romans jeunesse qui existent ainsi en version « dys ».

Auteur indépendant, il diversifie son activité en publiant ses ouvrages en version numérique pour le kindle d'Amazon, sur Kobo et Fnac.com, puis sur Apple Books et Google Play.

Il crée en 2020 les éditions Mondes Parallèles en s'imposant une ligne éditoriale stricte : chaque œuvre qu'il publiera (jeunesse ou adultes) sera disponible en version « dys », en format broché comme en ebook.

PETITS ROMANS JEUNESSE
Une citrouille vraiment effrayante
Petit roman jeunesse à partir de 9 ans (HORREUR)
Pour la fête d'Halloween, Delphine et ses copines ont fabriqué une citrouille qu'elles ont appelée Jacques-la-Lanterne. Déguisées en sorcières, elles l'emmènent à la chasse aux bonbons dans les rues de leur village.

Mais l'un des enfants casse la cloche d'une vieille dame. Elle se fâche et lance un mauvais sort sur la citrouille.

Jacques-la-Lanterne prend vie et commence à dévorer les habitants du village les uns après les autres…

Série Halloween chez Justine
1 - Loups-garous, vampires et autres monstres…
Petit roman jeunesse à partir de 11 ans (HORREUR)
Collégienne de sixième, Justine ne parvient pas à faire son devoir de maths le soir d'Halloween, elle appelle donc son camarade Nathan à son secours. Par bravade, elle crie par la fenêtre : « Loups-garous, vampires et autres monstres, venez tous fêter Halloween chez Justine ! »

Mais quand Nathan se transforme en un redoutable fauve et que trois loups-garous et un vampire répondent à son invitation, Justine réalise qu'elle a commis une grave erreur…

2 - L'attaque du monstre gluant
Petit roman jeunesse à partir de 11 ans (HORREUR)
Collégienne de cinquième, Justine invite son copain Nathan à passer la soirée d'Halloween avec elle, mais lui fait promettre de ne pas se transformer comme l'année précédente. Elle a loué le DVD d'un film d'horreur en relief : *L'attaque du monstre gluant*.

Mais quand la créature sort de sa télé pour les dévorer, Justine réalise qu'elle a commis une grave erreur…

3 - Debout les morts !

Petit roman jeunesse à partir de 12 ans (HORREUR)

Collégien de quatrième, Nathan invite son amie Justine chez lui pour Halloween, espérant ainsi briser la malédiction qui poursuit la jeune fille. Il a cependant négligé de lui dire qu'il habite juste derrière un cimetière. Si elle l'avait su, elle aurait sans doute évité de plaisanter en disant : « Debout les morts ! »

Quand les morts sortent de leurs tombes, Justine réalise qu'elle a commis une grave erreur...

4 - Croisière sans retour

Petit roman jeunesse à partir de 12 ans (HORREUR)

Collégienne de troisième, Justine s'est fâchée avec son ami Nathan qui perdait le contrôle de ses transformations. Invitée à fêter Halloween sur un voilier avec quelques amis, elle accepte tout de même de l'emmener sous sa forme de panthère. La soirée aurait pu bien se dérouler si l'un des convives n'avait pas raconté une histoire de monstre marin...

Grave erreur ! Il n'en fallait pas davantage pour que le kraken s'invite à la fête avec quelques requins...

5 - Le manoir de la mort

Petit roman jeunesse à partir de 13 ans (HORREUR)

Lycéenne de seconde, Justine a perdu goût à la vie après la disparition tragique de son ami Nathan. Quand Thomas l'invite à un « Escape Game » dans un vieux manoir le soir d'Halloween, elle ne se fait pas d'illusions : ce sera encore une soirée agitée.

Mais quand les participants du jeu meurent tour à tour, victimes de pièges vicieux, elle comprend qu'elle a commis une nouvelle erreur...

6 - Une momie dans les catacombes
Petit roman jeunesse à partir de 13 ans (HORREUR)
Lycéenne de première, Justine reçoit un paquet qu'elle croit envoyé par son petit ami Nathan. En l'ouvrant sans méfiance, elle se fait piquer par un scorpion venimeux. S'engage alors une course contre la montre pour récupérer l'antidote aux mains d'une momie dans les catacombes.
Facile avec Nathan, le garçon-panthère expert en arts martiaux ? Erreur ! Car la momie a amené quelques araignées géantes…

7 - Un château en Transylvanie
Petit roman jeunesse à partir de 13 ans (HORREUR)
Lycéenne de terminale, Justine hérite d'un château en Transylvanie. Comme son compagnon Nathan, elle se dit que ça sent le piège ! Mais les papiers du notaire sont officiels et ils décident de s'y rendre.
Quand ils constatent que l'ancien propriétaire n'est pas aussi mort qu'il aurait dû l'être et que le château est truffé de vampires, loups-garous et autres monstres, ils réalisent qu'ils ont peut-être commis leur dernière erreur…

ROMANS JEUNESSE
Enlèvement au collège
Roman jeunesse à partir de 11 ans (POLICIER)

En cinquième au collège Simone de Beauvoir, Julien et son ami Luan ont invité Anaïs et Lisa, les sœurs jumelles de leur classe, à faire une randonnée en VTT sur le Plateau de Vitrolles. Le petit groupe assiste à la chute d'une météorite dans laquelle Julien découvre un étrange cristal vert.

Au collège, le garçon donne le cristal à Anaïs. Quelqu'un remarque la pierre et décide de s'en emparer. L'une des sœurs est enlevée au beau milieu du collège ! Mais le ravisseur ne s'est-il pas trompé de jumelle ?

Un fantôme dans le métro
Roman jeunesse à partir de 11 ans (FANTASTIQUE)

Juliette Perrault était une élève ordinaire d'un collège marseillais, jusqu'au jour où elle tomba devant un métro. Elle se crut perdue mais fut sauvée par un étrange garçon, Stéphane, qu'elle vit périr à sa place. Elle semblait la seule à l'avoir vu.

Juliette découvrira que Stéphane est le fantôme d'un lycéen mort trente ans plus tôt. Pour lui venir en aide, elle n'hésitera pas à explorer les souterrains du métro de Marseille et à participer à un dangereux tournoi d'arts martiaux qui pourrait la conduire jusqu'en Chine…

Jeu de piste macabre dans le 6ème
Roman jeunesse à partir de 12 ans (POLICIER)

Mathieu et Mathilde Lavil (surnommés « Matt & Matic ») sont deux jeunes policiers stagiaires affectés au commissariat du sixième arrondissement de Marseille.

Dès leur premier jour, une lettre anonyme les lance sur la piste d'un dangereux meurtrier qui met la police au défi d'empêcher ses crimes !

Serez-vous capable de mettre vos compétences mathématiques de 6ème en pratique pour mener l'enquête et arrêter le coupable ?

ROMANS
Le pouvoir de Flamen
Roman (SCIENCE-FICTION)

Jeff Stone, pilote du cargo *Phénix*, est en train de boire dans un bar de la station spatiale XG34 quand surgit Flamen, une jeune fille pourchassée par de mystérieux agresseurs. Le pilote s'interpose et c'est le début d'une poursuite implacable à travers la galaxie. D'affrontements spatiaux en combats au pistolaser, Stone et Flamen perceront-ils le mystère entourant la naissance de la jeune fille ?

Halloween chez Audrey
Remarque : ce roman est la version adulte de la série jeunesse « Halloween chez Justine »

Roman (BIT-LIT / HORREUR)

« Loups-garous, vampires et autres monstres, venez tous fêter Halloween chez Audrey ! ». La jeune fille n'aurait jamais dû crier ça par sa fenêtre le soir du 31 octobre... Son ami Jack se transforme en panthère, puis trois loups-garous et un vampire répondent à son invitation !

Les années suivantes, un monstre gluant, des zombis et le kraken viendront tour à tour chez eux. Les soirées d'Halloween de Jack et Audrey ne seront pas de tout repos...

Le cycle d'Atlantis
La revanche du léopard
Roman (BIT-LIT / SCIENCE-FICTION)

Julie Dunoyer assiste à une fusillade aux abords de sa propriété dans la forêt de Fontainebleau. Elle porte secours au fugitif blessé réfugié dans son jardin et découvre avec stupeur une créature mi-humaine mi-animale.

Victime de manipulations génétiques menées par des scientifiques néonazis, Lucas a été à demi transformé en léopard. Quand les nazis retrouvent sa trace et que sa nouvelle amie est en danger, l'homme-léopard sort ses griffes !

À paraître...

ALBUM

Le lapin qui grossissait

Album à partir de 6 ans (FANTASTIQUE)

Pour ses sept ans, Louane reçoit un petit lapin. Elle le nomme Juju. Il est si petit que la fillette décide de lui donner le médicament qu'elle prend pour sa croissance. Peu à peu, le lapin grossit, à la grande joie de sa petite maîtresse.

Mais Juju ne s'arrête pas de grandir. Quand il devient aussi gros que la voiture de son papa, les ennuis commencent…

NOUVELLES

Le secret de l'échiquier
Nouvelle à partir de 12 ans (POLICIER)
Jérôme Duval voudrait bien épouser Solange de L., mais son père s'oppose à cette union car Jérôme pourrait bien être le fils d'Arsène Lupin.
Relevant le défi du baron de L., le jeune homme découvrira-t-il le secret de l'échiquier ?

La gare qui n'existait pas
Nouvelle à partir de 13 ans (FANTASTIQUE)
Jean-Paul pensait avoir manqué sa station de RER et est descendu par erreur à la gare qui n'existait pas. Il y rencontre Victoria, une jeune fille morte dans un accident quelques années auparavant.
Jean-Paul voudrait bien aider ce fantôme, mais cela n'est pas sans danger. Car si la mort les sépare, elle pourrait bien également les réunir...

Le moulin aux fées
Nouvelle à partir de 10 ans (FANTASTIQUE)
Pour Romain et Mélanie, les vacances s'annoncent mal. Leurs parents les ont envoyés à la ferme chez leur oncle pour pouvoir se disputer tranquillement et organiser leur divorce.
Heureusement, derrière la ferme se trouve un moulin abandonné où se produisent d'étranges apparitions. Est-ce vraiment une fée qu'ils ont aperçue ?

Meurtres à la pleine lune
Nouvelle à partir de 15 ans (POLICIER)
Inspecteur à la criminelle, Jeremy Torquier l'avait bien dit devant le premier cadavre éventré : il y en aurait d'autres ! Mais il ne s'attendait pas à ce que la victime suivante soit sa propre fiancée.
S'il croyait stopper ainsi l'enquête de Torquier, le tueur en série se trompait lourdement !

Le miroir vénitien
Nouvelle à partir de 12 ans (FANTASTIQUE)

Quand Bastien déniche un miroir vénitien dans une brocante, il ignore encore qu'il lui permettra d'entrer en contact avec Julia, une noble italienne vivant au quinzième siècle.

Apprenant le destin tragique de la jeune femme, une question tourmente Bastien : peut-on changer le passé ?

Le projet R.H.
Nouvelle à partir de 14 ans (SCIENCE-FICTION)

Lors d'une manifestation anti-robots, Annabelle est blessée et conduite à l'hôpital par Jorgun Watts, un ingénieur roboticien travaillant pour la CybCod.

Les médecins estiment Watts qui a mis au point un microbot chirurgical, mais son ami journaliste Stefan Yort lui amène l'invention de l'ingénieur, un instrument de torture ! La jeune femme veut alors revoir Watts pour en apprendre davantage.

Mais en cherchant la vérité, on prend le risque de découvrir plus qu'on ne le voudrait...

Plus que la fortune
Nouvelle à partir de 13 ans (SCIENCE-FICTION)

Quand Lana débarque sur la planète Exovène, elle est bien décidée à faire fortune comme les autres prospecteurs. Malgré les dangers et les avertissements, elle s'obstine.

Une planète minière instable n'est pas un endroit très hospitalier, mais on y trouve parfois plus que la fortune...

Dépôt légal : septembre 2017
Imprimé à la demande par KDP